Yann Arthus-Bertrand

Dünnes Eis

Was braucht die Welt, damit sie hält?

Aus dem Französischen von Kristina Petersen

Gabriel

Inhalt

„Ich sehe die Erde. Sie ist wunderbar."

Juri Gagarin, Kosmonaut.
Erster Mensch im Weltall, 12. April 1962

Vorwort

Erde in Sicht!

Dank der modernen Satellitentechnik kann heute mittlerweile jeder die Erde so sehen, als wäre er ein Astronaut im Weltraum.

Die über 550 Astronauten, die bisher in den Weltraum geflogen sind, sind sich einig: Wer aus dem All auf die kleine blaue Kugel blickt, auf der wir leben und die so schön und fragil ist, wird unweigerlich von einem Gefühl tiefer Ehrfurcht erfasst.

Heute können auch wir sehen, wie unser Planet von da oben aus dem Weltraum aussieht und wie wir ihn durch unser Handeln beeinflussen und verändern: Unzählige Satelliten umkreisen die Erdkugel und senden uns mit ihren Kameras, Scannern, Röntgenstrahlen und zahlreichen anderen wissenschaftlichen Instrumenten Fotos von ihr.

Um die erstaunlichen, großformatigen Satellitenbilder auf den rechten Seiten dieses Buches besser zu verstehen, kannst du sie mit Luftaufnahmen vergleichen, die ich aus einer geringeren Höhe gemacht habe: Satelliten schicken Bilder aus einer Entfernung von bis zu 800 Kilometern – meine Luftaufnahmen, die großen Bilder auf den linken Seiten dieses Buches, entstehen aus einigen Hundert Metern Höhe. Einige sind ähnlich, andere gar nicht, denn die Erde hat tausend Gesichter, je nachdem, von wo aus man sie betrachtet ...

Je mehr ich unsere Erde von oben beobachtet und fotografiert habe, desto größer ist meine Liebe zu ihr geworden und mein Wunsch sie zu schützen. Vielleicht wirst du Ähnliches empfinden, wenn du die Bilder in diesem Buch betrachtest. Und wenn du dich für den Schutz unserer Erde einsetzen möchtest, dann solltest du es tun – denn jeder von uns kann einen Beitrag zu ihrem Schutz leisten, auch wenn es ein kleiner ist.

Yann Arthus-Bertrand
Luftfotograf und Präsident der GoodPlanet Stiftung

Oben im Bild siehst du einen Satellitenbildausschnitt der koreanischen Halbinsel (39°27N – 125°19E). Das, was wie blauer Stoff aussieht, ist das Meer; die dunklen „Falten" sind tiefe Meeresgräben.

Satelliten sind ungefähr so groß wie ein Auto. Sie umkreisen in Hunderten Kilometern Entfernung die Erde und machen von dort aus gestochen scharfe Aufnahmen, wie die, die du hier siehst. Satelliten können die riesige Erdkugel mehrmals am Tag umrunden, denn sie bewegen sich mit einer Geschwindigkeit von fast 30.000 km pro Stunde! Sie senden nicht nur Fotos, sondern auch andere Messdaten aus dem Weltraum an die Erde.

Es gibt Satelliten, die Nachrichten in Millisekundenschnelle zur Erde schicken, und andere, wie die Navigationssatelliten, die die Position eines Fahrzeugs präzise orten; es gibt Rundfunksatelliten, Spionage- und Forschungssatelliten. Insgesamt umkreisen fast 1900 aktive Satelliten die Erde.

Die Tempelanlage von Angkor Wat, Kambodscha (13°26′N–103°50′E)

Versunkene Kulturen

Wir wissen nicht, warum manche Kulturen untergehen und verschwinden. Wie beim Aussterben einer Art hängt dies oft mit der Umwelt zusammen. Das Römische Reich, Babylonien, die Azteken, die Maya – selbst die größten und einflussreichsten Zivilisationen gehen irgendwann unter. Das Reich der ägyptischen Pharaonen währte fast 3000 Jahre lang, die mächtigen japanischen Shogune herrschten über 2000 Jahre. Napoleons Kaiserreich hielt nur 10 Jahre. Gesellschaften verändern sich. Und keine dauert ewig. Vermutlich war der Untergang der Khmer in Kambodscha durch Umwelteinflüsse bedingt. Noch heute kann man die prachtvollen Tempel bestaunen, die sich im dichten kambodschanischen Dschungel erheben. Es sind die letzten Spuren des einstmals mächtigen Reiches. Doch warum verließen die Khmer ihre riesigen Tempelanlagen und ihre prächtige Stadt?

Die
älteste Hochkultur:

Die Sumerer

in Mesopotamien
(4. Jahrtausend v. Chr.)
sind die Erfinder der ersten
bekannten Schriftform, der

Keilschrift.

Angkor

ist im 15. Jhd. die
größte Stadt der Welt
mit fast

1 Million

Einwohnern.

6500

Sprachen auf der Welt

Über die Hälfte

könnte in diesem Jahrhundert
für immer

verschwinden,

da viele Sprachen nur noch
von wenigen Menschen
gesprochen werden.

Kulturen und ihre Alphabete

26 Buchstaben

hat das deutsche Alphabet.
(mit Ä, Ö, Ü und ß sind es sogar 30!).

33 Buchstaben hat das kyrillische Alphabet
(Russland und slawischer Sprachraum).

28 Buchstaben gibt es im arabischen Alphabet
(das ohne Vokale auskommt),

22 Buchstaben im hebräischen Alphabet
(Jeder Buchstabe hat einen Namen!),

71 Buchstaben im Alphabet der Khmer,

rund **40.000** Schriftzeichen
im Chinesischen.
(Aber zum Lesen der Zeitung reicht
es, 1500 zu kennen.)

Erfindung des ersten Alphabets:

vor über

5000 Jahren

im babylonischen Reich
(auf dem Gebiet des
heutigen Irak)

Die Tempelanlage von Angkor Wat, Kambodscha (13°26'N–103°50'E)

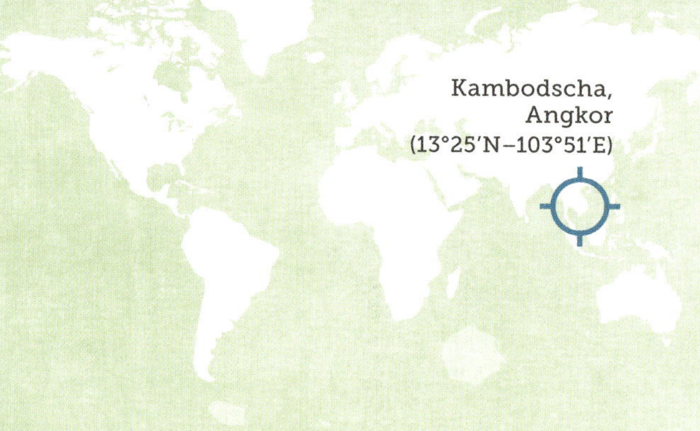

Kambodscha

Vergessene Tempel

Angkor in Kambodscha war die Hauptstadt des Khmer-Reiches zwischen dem 9. und 15. Jhd. Die Stadt bedeckte eine Fläche von rund 400 km^2 und beherbergte an die hundert Tempel, die die Khmer mit zahlreichen Statuen buddhistischer und hinduistischer Gottheiten schmückten. Angkor war damals eine der größten Städte der Welt. Die Anlage wurde durch ein aufwendiges Netz von Kanälen und Becken mit Wasser versorgt. Dieses diente der Bewässerung der Felder und der Versorgung der Bevölkerung mit Trinkwasser. Forscher vermuten, dass wegen langer Dürrezeiten und extremer Regenfälle die Kanäle und Becken verschlammten und die Felder nicht mehr bewässert werden konnten. Weil die Ernten ausblieben und das Trinkwasser knapp wurde, mussten die Khmer ihre Stadt verlassen. Nach und nach wurde Angkor wieder von der Vegetation überwuchert und verschwand im Laufe der Jahrhunderte im tiefen Dickicht des Dschungels. Erst im letzten Jahrhundert wurde es nach und nach wieder freigelegt. Einige Teile der Anlage sind immer noch von Schlingpflanzen überwuchert und warten darauf, freigelegt zu werden ...

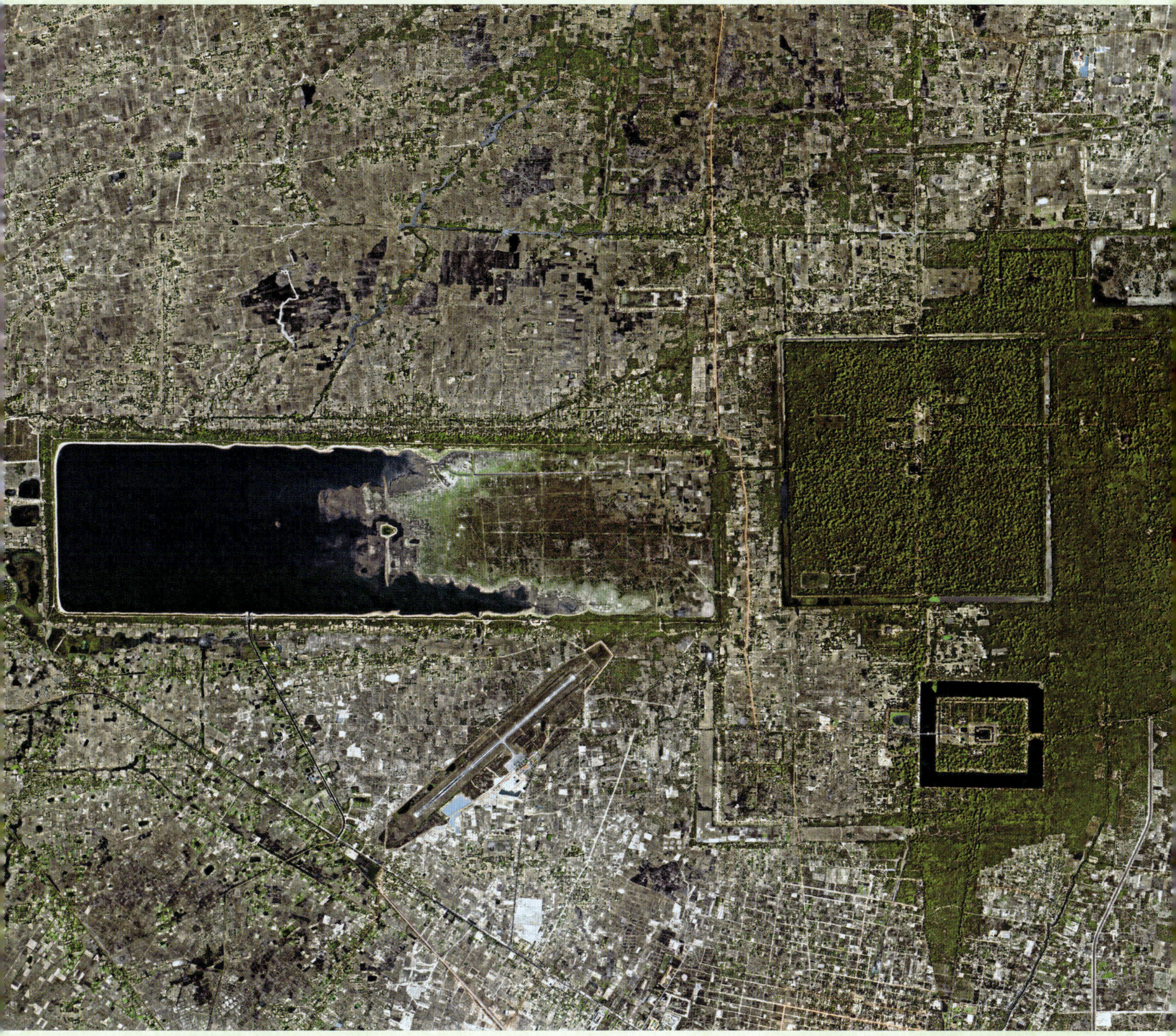

Überreste einer blühenden Zivilisation

Angkor Wat, dieser enorm weitläufige Tempelkomplex, ist größer als die ägyptischen Pyramiden. Du bekommst eine Ahnung von seinen Ausmaßen, wenn du den quadratischen Umriss auf dem Satellitenbild oben betrachtest: Seine Außenmauern sind 3,6 km lang! Um die Tempel herum verlaufen feine helle Linien: Das sind die Kanäle, die die Hauptstadt während der Regenzeit vor Überschwemmungen bewahren sollten. Das Regenwasser wurde in den Kanälen aufgefangen und in großen Becken aufgestaut. Von dort wurde es bei Bedarf zu den Feldern weitergeleitet, um so eine regelmäßige Bewässerung und üppige Ernten zu sichern.

Künstliche Insel Palm Jumeirah, Dubai, Vereinigte Arabische Emirate (25°07'N–55°08'E).

Stadt von morgen

Wie wird die Stadt der Zukunft aussehen? Und wie können wir Städte bauen, in denen es sich gut leben lässt? Die Frage ist nicht leicht zu beantworten, denn „gut leben" kann für jeden etwas anderes bedeuten: komfortabel, sicher, gesund, naturnah ... Viele unserer Lösungen sind zwar für den Menschen „gut", aber schlecht für die Umwelt. Um z.B. die künstliche Insel Palm Jumeirah zu erbauen, wurden riesige Mengen Sand aus dem Meer gefördert. Dadurch wurden die Korallenbänke zerstört und der Meeresgrund verändert. Wenn der Mensch die natürlichen Ressourcen nutzt, zerstört er dabei oft und unwiderruflich seine Umwelt. Dabei gibt es auch viele Lösungen, die natürliche Ressourcen auf schonendere Weise nutzen: Mit Sonnen- und Windenergie können wir zum Beispiel umweltverträglicher Energie erzeugen als durch den Verbrauch von Erdöl oder Erdgas.

Auch der Bau und Abriss von Gebäuden trägt zur Luftverschmutzung bei. In Deutschland wird seit Jahren versucht, möglichst viel Bauschutt wiederzuverwerten. Inzwischen liegt die **Recyclingquote** bei **70–90%.**

Auf der Erde fahren **1 Milliarde** Autos und andere **Fahrzeuge.**

5% der CO_2-Emissionen entstehen durch die Herstellung von **Beton** und **Zement.**

Pro Jahr stößt New York **53,4 Millionen Tonnen CO_2** aus – das Gas, das am stärksten zum Treibhauseffekt beiträgt: **74%** entstehen durch Heizungen und Klimaanlagen in Gebäuden, **21%** durch den Verkehr.

Weltrekord des höchsten **Bauwerks:** der Burj Khalifa in Dubai ist **828 Meter** hoch.

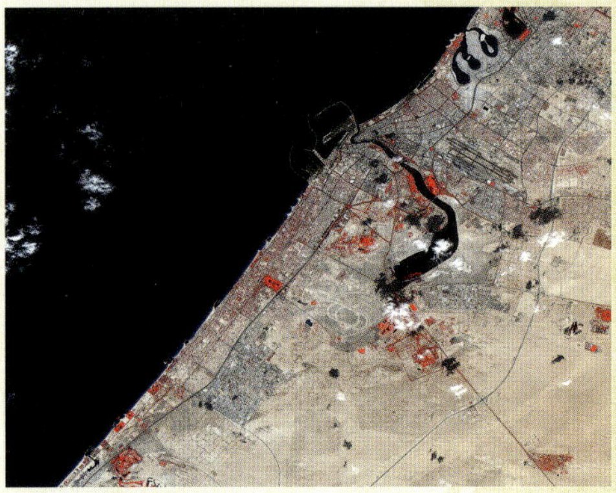

2000

2002

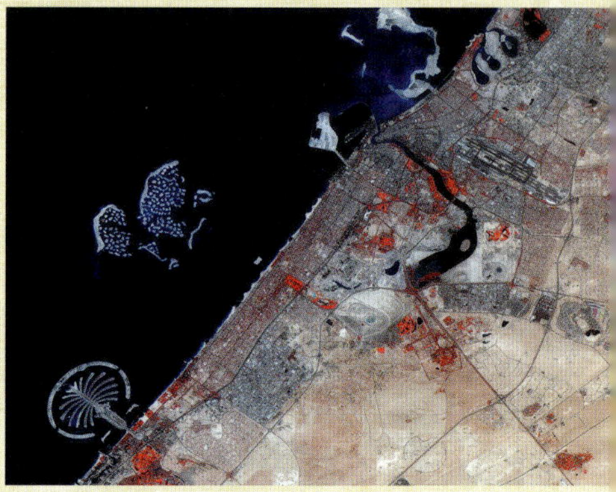

2007

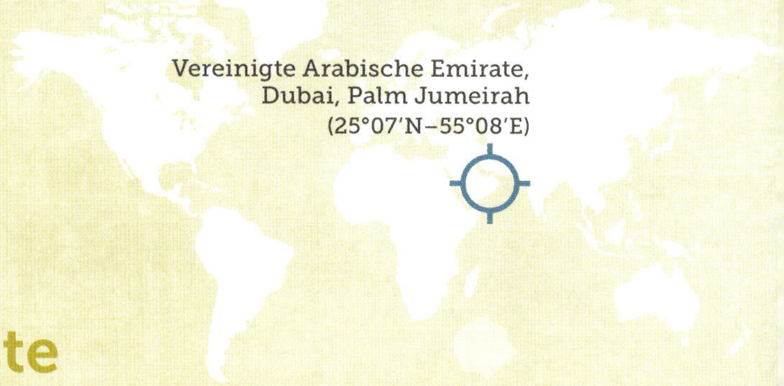

Vereinigte Arabische Emirate

Im Meer bauen

Eine Insel in Form einer Palme: Palm Jumeirah ist aus dem Meer erstanden, direkt vor der Küste von Dubai. 1200 Bauingenieure und über 40.000 Bauarbeiter haben innerhalb weniger Jahre diese Kunstinsel erschaffen. Dafür wurden 94 Millionen Kubikmeter Sand aus dem Meeresgrund gefördert und gemäß den Bauplänen aufgeschüttet; das entspricht einem Gewicht von über 150 Millionen Tonnen! 5,5 Millionen Kubikmeter Felsgestein befestigen die Insel und schützen sie vor der Meeresbrandung.

Jeder der 16 Palmwedel besteht aus einer langen Straße, die beidseitig von Villen und Palästen gesäumt ist. Der „Stamm" und die 11 km lange „Krone" der Palme sind mit Gartenanlagen und Geschäftszonen bebaut.

Rechts von Palm Jumeirah siehst du eine Ansammlung vieler kleiner Inseln. Auch sie wurden im Meer aufgeschüttet und sollten reiche Investoren anlocken. Wenn du etwas genauer hinsiehst, erkennst du, was dieses Mega-Projekt darstellt: „The World" soll nichts weniger als ein Abbild der Weltkarte sein! Bisher ist „Die Welt" aus Geldmangel nicht vollendet worden. Und angeblich versinken die ersten Inseln bereits heute schon wieder im Meer ...

2010

Merkwürdige Inseln

Alles ist möglich! Mit vielen Millionen Tonnen Sand und Steinen hat Dubai am Persischen Golf eine riesige Insel erschaffen. Die kilometerlange Kunstinsel links im Bild hat die Form einer Palme und ist baulich gesehen eine Meisterleistung. Alles ist auf Luxus ausgelegt auf „Palm Jumeirah", denn hier sollen die Reichsten der Reichen leben. Aber ist das wirklich eine gute Idee?

Das Fischerdorf Pellestrina, Lagune von Venedig, Venetien, Italien (45°15'N–12°18'E).

Der Meeresspiegel steigt

Pro Jahr steigt der Meeresspiegel im Durchschnitt um 3 mm an. Verantwortlich für den Anstieg ist die globale Klimaerwärmung. Ihretwegen schmilzt das ewige Eis der Gletscher und fließt in die Weltmeere. Aber nicht nur die Eisschmelze trägt zum Anstieg des Meeresspiegels bei, sondern auch der Umstand, dass Wasser sich bei Erwärmung ausdehnt. Genauso wie die Flüssigkeit in einem Thermometer bei Erwärmung mehr Raum einnimmt und in der Säule nach oben steigt, dehnt sich auch das Wasser der Ozeane bei Erwärmung aus. Wissenschaftliche Messungen anhand von Satellitenbildern der letzten 30 Jahre haben ergeben, dass sich der Anstieg des Meeresspiegels in den nächsten Jahren beschleunigen wird: Vor 2100 könnte er bereits um einen Meter angestiegen sein. Das hätte katastrophale Folgen für Venedig, aber auch für Inseln und Städte wie Shanghai oder New York.

Wenn der Meeresspiegel um **1 cm** ansteigt, verliert die Küste **1 Meter** Boden. Je flacher die Küste ist, desto weiter dringt das Meer vor.

8 der **10 größten Städte der Welt** liegen an der Küste.

Der **Meeresspiegel** ist seit **1901** um **20 cm** angestiegen. Er würde um **6 Meter** ansteigen, wenn ganz Grönland schmilzt. Er würde um **66 Meter** ansteigen, wenn die **Antarktis** schmilzt.

50% der Weltbevölkerung lebt in Meeresnähe.

Wenn der Meeresspiegel um **1 Meter** steigt, wären allein in Europa etwa **13 Millionen Menschen** bedroht.

Pro Jahr verbringen **23 Millionen Touristen** ihre Ferien am **Meer.**

Hafen von Venedig

Canal Grande

Fluttore

Italien

Das prächtige Venedig kämpft gegen die Fluten

Weltberühmt, aber gefährdet: Die italienische Stadt Venedig liegt in einer Meereslagune am Adriatischen Meer. Im Grunde genommen schwimmt sie wie ein Fisch im Wasser. Auf dem Satellitenbild rechts kannst du deutlich erkennen, wie ausgesetzt die Stadt ist: Nur ein feiner Streifen Land trennt die Lagune vom Meer (im Bild rechts) ab. Die Landmasse ganz links im Bild ist das Festland. Im roten Meer der Häuserdächer erkennst du eine große geschlängelte und viele feine blaue Linien: Das sind die Verkehrsstraßen, die Wasserkanäle, auf denen man sich mit der Fähre oder mit Booten fortbewegt.

Warum Venedig in Gefahr ist, willst du wissen? Da der weiche, schlickige Untergrund jedes Jahr um einige Millimeter absinkt und gleichzeitig der Meeresspiegel wegen der klimabedingten Eisschmelze ansteigt, könnte die Lagunenstadt irgendwann im Wasser verschwinden.

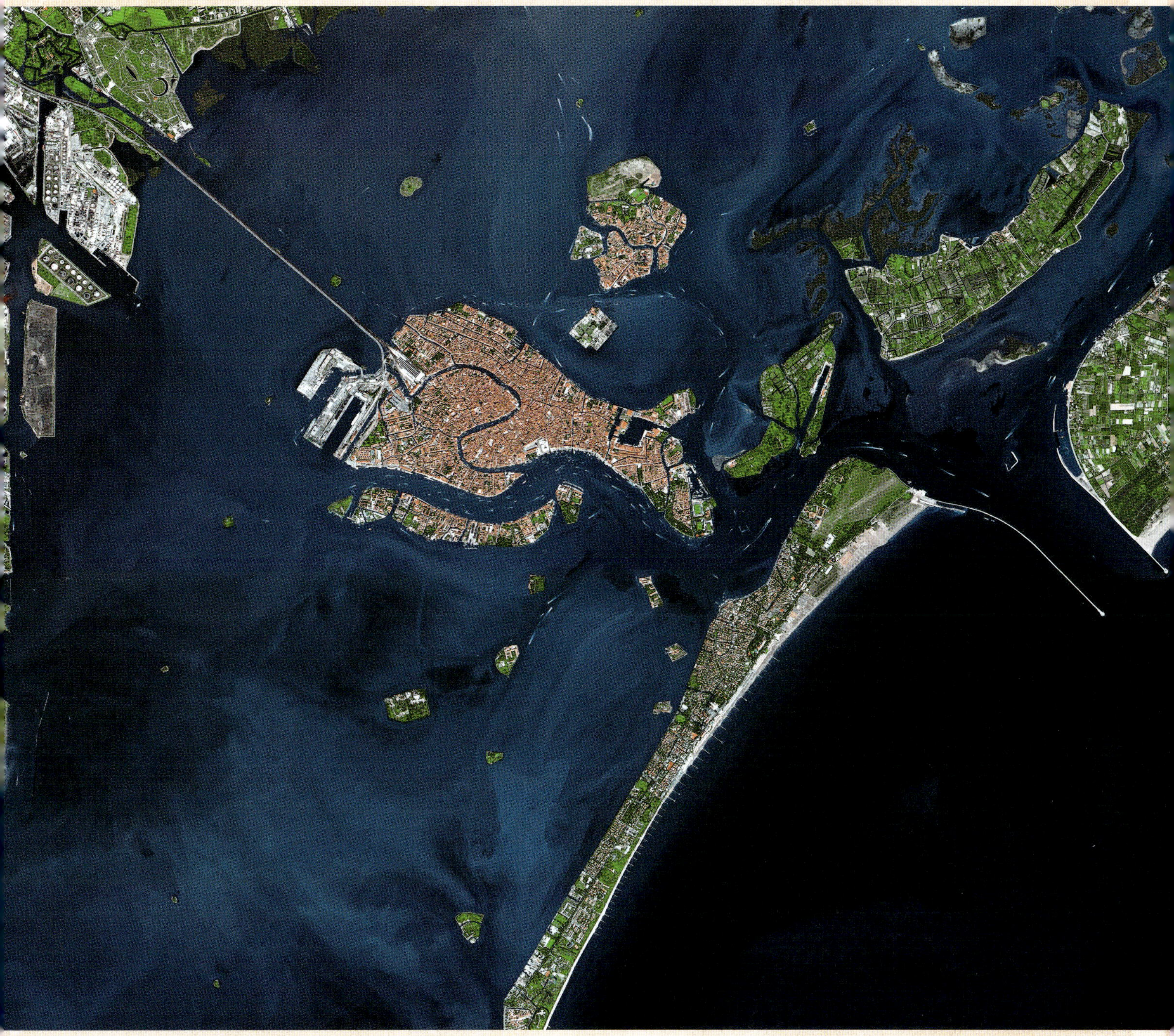

Rettet Venedig!

Der Bahnhof von Venedig ist mit dem Festland über eine Eisenbahnbrücke verbunden. Du erkennst sie als weiße Linie, die sich durch das Blau des Wassers zieht. Im Hafen von Venedig ankern jedes Jahr Tausende von Kreuzfahrtschiffen. Sie bringen jährlich rund 30 Millionen Touristen in die Lagunenstadt.
Immer häufiger kriecht das Wasser aus den Kanälen der Lagunenstadt hoch, über die Gehwege und in die Erdgeschosse der Häuser – im Durchschnitt fünf bis zehn Mal pro Saison. Um die Stadt vor Hochwasser zu schützen, werden zurzeit riesige Fluttore an den drei Öffnungen der Lagune errichtet. Bei Hochwassergefahr sollen die beweglichen Stahlbarrieren sämtliche Mündungen abdichten. Das Großprojekt ist eines der teuersten Küstenschutzprojekte weltweit.

Henderson, südlich von Las Vegas, Nevada, USA (35°60′N–115°05′O)

Platz da!

Heute leben rund 7,5 Milliarden Menschen auf der Erde. Im Jahr 2050 werden es vermutlich um die 9,7 Milliarden sein. Über die Hälfte der Weltbevölkerung wohnt derzeit in Städten, in 30 Jahren werden es mehr als zwei Drittel (68%) sein. Um all diese Menschen aufzunehmen, dehnen sich die Städte immer weiter aus, und die Wiesen, Felder und Wälder im Umland werden zu Bauland. Die Verstädterung stellt uns vor große Herausforderungen. Denn wir brauchen die Natur: die Naturlandschaften, um Nahrungsmittel anzubauen, die Wälder und Flüsse für unser Wasser, die saubere Luft zum Atmen ... Das Wachstum der Städte bietet aber auch Chancen: Die vielen Menschen lassen sich in der Stadt gezielter versorgen als auf dem Land. Ökologisch gebaute Häuser, umweltschonende Transportmittel, Grünflächen in der City ...: In der Megastadt der Zukunft könnte es auch ganz angenehm sein!

Städte mit mehr als 10 Millionen Einwohnern weltweit:

1977
2 Megastädte

2017
30 Megastädte

Jeder zweite Mensch lebt in einer Stadt. In den reichen Industrieländern sind

8 von **10**

Menschen Städter.

1/8 der Weltbevölkerung lebt in Slums. Das sind fast

eine Milliarde

Menschen.

Dhaka, Bangladesch

1950:
300.000
Einwohner

2018:
18 Millionen
Einwohner

Die 5 größten Städte der Welt

(städtische Ballungsgebiete, in Millionen Einwohner)

Tokio, Japan:
37

Neu Delhi, Indien:
29

Shanghai, China:
26

São Paulo, Brasilien:
22

Mexiko-Stadt, Mexiko:
22

1986

1992

2000

USA

Auf in die Vororte

Alle gleich, in Reih und Glied, Straße für Straße: So sehen die Villen-Vororte von Las Vegas in den USA aus. Viele amerikanische Städte nehmen immer mehr Einwohner auf. Aber die meisten Menschen ziehen nicht ins Stadtzentrum, sondern in die Vororte. Und somit dehnen sich die Städte immer weiter aus.

Las Vegas liegt mitten in der Mojave-Wüste in den USA. Auf dem großen Satellitenbild erkennst du links und rechts am Rand des Fotos das hellere Wüstengebiet.

Da Las Vegas vor allem vom Tourismus lebt, werden hier immer mehr Schwimmbäder, Golfanlagen und Gärten angelegt. Diese verbrauchen viel Wasser. Dabei ist das blaue Gold in der Wüstenstadt ein kostbares Gut: Der riesige Stausee Lake Mead, aus dem die Stadt ihr Trinkwasser bezieht, führt immer weniger Wasser. Deshalb wacht jetzt eine Wasserpolizei darüber, dass die Bewohner sparsam mit dem Nass umgehen. Sie rät ihnen z.B., in ihren Gärten keinen Rasen anzulegen, sondern stattdessen lieber in eine Kakteenlandschaft zu investieren.

2018

Immer größer

Das, was wie ein riesiges Puzzle aussieht, sind die Gebäude von Las Vegas, die senkrechten und horizontalen Linien das Straßennetz. Fährt man aus der Hitze von Las Vegas auf einen der hohen Berge, die sich mitten in der Wüste erheben (du siehst sie rechts oben im Bild), wird es ganz schnell kalt. Das verwundert nicht, denn der Charleston Peak etwa ist 3632 Meter hoch. Wenn du die vier Satellitenbilder vergleichst, kannst du sehen, wie sich die Stadt seit 1986 entwickelt hat: Der Fleck in der Wüste ist immer größer geworden.

Los Angeles bei Nacht, Kalifornien, USA (34°03'N–118°14'O)

Die Nacht wird zum Tag

In vielen Städten auf der Welt wird es nachts nicht mehr richtig dunkel: Die meisten Großstädte bleiben die ganze Nacht über so hell erleuchtet, dass man nur noch mit Mühe eine wirklich dunkle Ecke findet. Wissenschaftler warnen sogar davor, dass diese nächtliche „Lichtverschmutzung" für Menschen und Tiere ungesund sei. In anderen Regionen der Welt hingegen ist Strom ein Luxus, den sich viele Menschen nicht leisten können.

Wir verbrauchen Unmengen an Strom – für unsere Kühlschränke, Handys, Computer. Man kann verschiedene Energiequellen nutzen, um Strom zu produzieren. Manche sind erneuerbar, so wie die Wasser-, Wind- oder Solarkraft. Andere sind nur begrenzt auf der Erde vorhanden und nicht erneuerbar, so wie Kohle, Erdgas und Erdöl. Die erneuerbaren Energien bieten zusätzlich den Vorteil, dass sie die Umwelt weniger belasten.

Die Drei-Schluchten-Talsperre in

China

produziert so viel Strom wie

20

Kernkraftwerke.

44%

des Stroms in Dänemark kommt aus

Windkraftanlagen.

1,3 Milliarden

Menschen haben keinen Zugang zu Strom, d.h. jeder

5.

Erdbewohner.

Womit wird in

Deutschland

Strom erzeugt?

37% mit Kohle

16% mit Wind- und Solarkraft

13% mit Erdgas

12% mit Kernenergie

7% mit Biomasse

3% mit Wasserkraft

Auf der Erde:

50.000

Großstaudämme

447

Kernkraftwerke

Europa/Afrika

Asien

Amerika

Die Welt bei Nacht

Der Mensch spricht: Es werde Licht!

In der Nacht leuchten unsere Städte in vielen bunten Farben. Das liegt an den Millionen Lampen, Scheinwerfern und Werbetafeln, die unsere Straßen, Büros und Häuser erhellen. Alle diese Lichter verschlingen Energie – kostbare Energie, die wir in riesigen Mengen verbrauchen, ohne uns dessen bewusst zu sein. Außer, wir schauen von ganz weit oben herunter …

Denn die Lichter sind vom Weltraum aus sichtbar! Für das große Bild rechts wurden mehrere Satellitenaufnahmen zusammengefügt. Warum man das gemacht hat? Eine solche Aufnahme ist in der Realität nicht möglich, denn niemals ist überall auf der Welt gleichzeitig Nacht. Dort, wo du auf dem Bild helle Flecken siehst, liegen dicht besiedelte Regionen und Großstädte, die nachts stark beleuchtet sind.

Ein Blick aus dem Weltall

Siehst du, dass die Nordhalbkugel wesentlich heller leuchtet als die Südhalbkugel? Während Westeuropa bei Nacht strahlt, liegt der afrikanische Kontinent fast vollständig im Dunkeln. Nordamerika leuchtet viel heller als Südamerika, und in Australien sieht man im Osten nur einige helle Punkte. Die dunklen Zonen sind entweder schwach besiedelte Regionen oder Gebiete, deren Bewohner größtenteils so arm sind, dass sie sich keinen Strom leisten können.

Ein Schrottfriedhof irakischer Panzer in der Wüste nahe Al Jahra, Kuwait (29°26'N–47°24'E).

Krieg um Öl

Vor vielen Millionen Jahren begann die Geschichte des Erdöls. Mit Plankton. Im Laufe der Erdgeschichte versteinerten diese winzigen Meeresorganismen und verwandelten sich durch den Druck der Erdschichten in eine zähe, schwarze Flüssigkeit, die in porösen Gesteinsschichten tief unter der Erde wie in einem vollgesogenen Schwamm gehalten wird.
Niemand weiß genau, wie viel Erdöl noch unterirdisch lagert. Aktuell geht man von ungefähr 1700 Milliarden Barrel weltweit aus. Ein Barrel entspricht 159 Litern. Erdölreserven sind viel Geld wert. Alle Länder brauchen Erdöl. Aber nur wenige haben direkt darauf Zugriff, denn die Erdöllager sind weltweit sehr ungleich verteilt. Deshalb führen Länder Kriege, um sich gewaltsam Zugang zum „Schwarzen Gold" zu verschaffen. Diese irakischen Panzerwracks wurden nach dem Golfkrieg in der kuwaitischen Wüste zurückgelassen.

85
Millionen Barrel Erdöl
werden täglich weltweit verbraucht.

Mit einem Liter **Benzin** kann ein Auto rund **30 km** fahren.

972
Milliarden €
geben die Länder weltweit jährlich für Waffen aus.

250.000
Kindersoldaten weltweit

2017:
32 Kriege
und bewaffnete Konflikte in der Welt

Mehr als
100.000
Produkte
enthalten Erdöl – Kleidung, Kunststoffe, Düngemittel, Medikamente, Kosmetika, Pestizide, Computer …

Flugstützpunkt Davis-Monthan, Arizona, USA (32°10'N–110°52'O)

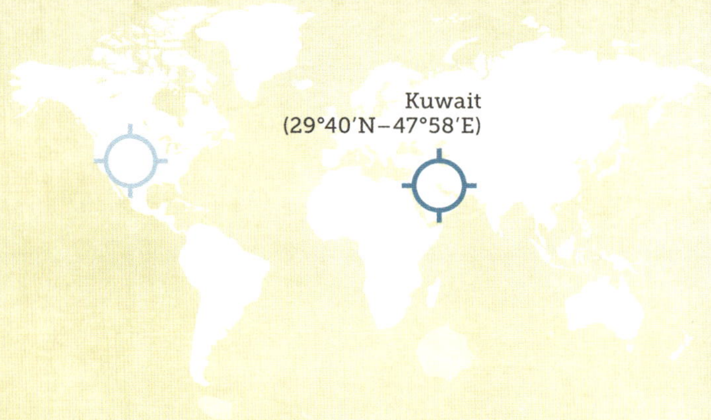

Kuwait und USA

Der erbitterte Kampf ums Schwarze Gold

Am Persischen Golf lagern die größten Erdölvorkommen der Erde. Ihretwegen sind Saudi-Arabien und die Vereinigten Arabischen Emirate sehr reich geworden. 1990 marschierten irakische Truppen in das kleine, an Erdöl reiche Nachbarland Kuwait ein und besetzten es. Damit begann der Zweite Golfkrieg. Ein Bündnis aus 48 Ländern griff daraufhin ein und drängte den Irak zurück. Mindestens 100.000 irakische Soldaten kamen bei diesem Krieg ums Leben und noch viel mehr Zivilisten. Bevor die irakischen Truppen sich zurückzogen, setzten sie viele Ölquellen in Brand und sabotierten ein Öl-Terminal. Das führte zu einer der größten Umweltkatastrophen des 20. Jahrhunderts: Riesige schwarze Wolken verdunkelten über Monate den Himmel über Kuwait und rund eine Milliarde Liter Rohöl verseuchte den Persischen Golf. Neun Monate brauchten Experten aus aller Welt, um den Brand zu löschen.

Kriegsspuren

Auf dem Bild links siehst du einen Flugzeugfriedhof in der Wüste bei San Diego, USA. Auf dem Wüstengelände sind über 5000 Militärflugzeuge abgestellt, die nicht mehr in Gebrauch sind und demontiert werden sollen. Sie sind hier gut aufgehoben, denn das trockene, warme Klima verhindert, dass die Flugzeuge verrosten!
Auf dem Bild oben kannst du mehrere schwarze Schlieren entdecken, die den Himmel über der Wüste verdunkeln. Das sind die Rauchwolken eines der größten und längsten Brände der Weltgeschichte, als die irakische Armee kurz vor Ende des Zweiten Golfkriegs 732 Erdölquellen anzündete. 11.000 Personen waren im Einsatz, um diese riesigen Brände in den Griff zu bekommen.

Eine neu angelegte Ölpalmplantage in der Nähe von Pundu, Borneo, Indonesien (1°59'S – 113°06'E)

Wald in Not!

Alle zwei Sekunden verschwindet ein Wald von der Größe eines Fußballfeldes von der Erdoberfläche. Mit Äxten, Motorsägen, Baggern und Bränden vernichten die Menschen Bäume und roden ganze Wälder – z.B. um Straßen zu bauen, Platz für die Rinderzucht zu gewinnen oder um neue Plantagen anzulegen. Die meisten dieser Wälder waren vom Menschen bisher unberührt und sehr ursprünglich. Viele sind Jahrhunderte alt und wesentlich reicher an Tier- und Pflanzenarten als die, in denen der Mensch eingreift. Sie produzieren Sauerstoff, reinigen Luft und Wasser, mildern extreme Klimaverhältnisse und binden CO_2. Die Urwälder, die am stärksten durch Waldrodungen gefährdet sind, sind der Amazonas-Regenwald in Südamerika, der indonesische und malaysische Regenwald in Südostasien und der Regenwald im afrikanischen Kongo-Becken, der sich über sechs Länder erstreckt.

13
Millionen Hektar Wald
werden jedes Jahr zerstört, das entspricht der Fläche von ganz **Belgien.**

6
Millionen Hektar Wald
werden pro Jahr wieder aufgeforstet **(vor allem in China).**

Im indonesischen Regenwald leben **11%** aller Pflanzenarten, **10%** aller Säugetierarten und **16%** aller bisher bekannten Vogelarten.

Nur noch
5000
Orang-Utans
leben im Regenwald von Indonesien und Sumatra. Wenn der Regenwald weiter gerodet wird, werden sie bald aussterben.

Für einen **Hamburger** werden
6 m²
Regenwald
vernichtet!

Neue Ölpalmplantagen bei Pundu, Borneo, Indonesien (1°59'S –113°06'E)

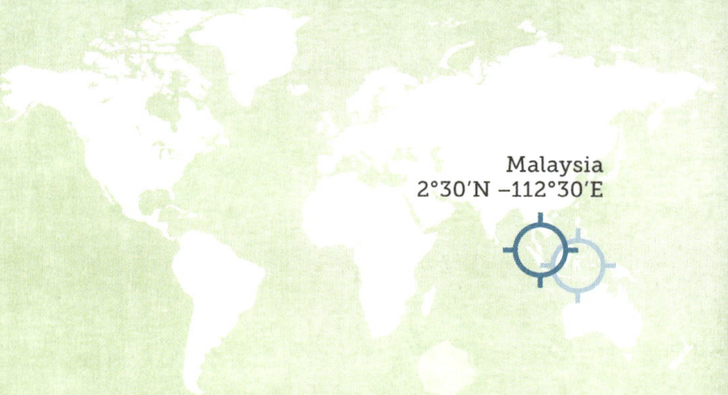

Malaysia und Indonesien

Palmen in Reih und Glied

Bäume werden nicht nur wegen ihres Holzes gefällt. Oft rodet man sie auch, um neue Flächen für die Landwirtschaft zu gewinnen. In Indonesien müssen jahrhundertealte Regenwaldbäume weichen, um Platz für neue Ölpalmplantagen zu schaffen. Auf der indonesischen Insel Borneo wird der Urwald radikal abgeholzt. An seiner Stelle pflanzt man Ölpalmen in langen Reihen, wie du auf den Bildern oben siehst. Aus den Kernen der Ölpalme gewinnt man das sogenannte Palmöl, das weltweit zur Herstellung vieler Produkte verwendet wird. Palmöl steckt zum Beispiel in Schokoriegeln, Chips, Keksen, Kosmetika oder Seife – und vor allem in den Bio-Kraftstoffen, die wir tanken.

Mit dem Regenwald verlieren auch die einheimischen Bevölkerungen und viele wunderbare Tierarten ihr Zuhause. Dieses Problem mag uns in Europa weit weg erscheinen, aber durch unser Ess- und Kaufverhalten tragen wir direkt dazu bei, dass immer mehr Urwald gerodet wird! Indem wir z.B. Nahrungsmittel, die Palmöl enthalten, seltener oder gar nicht mehr kaufen, können wir alle etwas für den Erhalt des Regenwalds tun.

Aus Wäldern werden Felder

In Malaysia werden sogar 85% des gerodeten Regenwaldes durch Ölpalmen ersetzt. Auf dem Satellitenbild oben siehst du riesige helle Flächen – alles frisch gerodete Gebiete. Auch sie werden bald mit Ölpalmen bepflanzt (im Bild als grüne, von Straßen durchzogene Gebiete erkennbar). Vom Urwald, den unbearbeiteten, im Bild dunkelgrünen Flächen, bleibt immer weniger übrig. Wie wird das Bild in 10 Jahren aussehen?

Viele Umweltorganisationen versuchen der Zerstörung der Regenwälder Einhalt zu gebieten und Ölpalm-Plantagenbesitzer, Händler, Hersteller von Palmöl enthaltenden Produkten, Banken und Umweltaktivisten an den runden Tisch zu bekommen. Sie werben für ein ökologisches und sozial verträgliches Vorgehen und wollen Mindeststandards festlegen, die von allen respektiert werden müssen.

Kreisbewässerung, Wadi Rum, Jordanien (29°36'N –35°34'E)

Wasser, ein kostbares Gut

Alle Lebewesen auf diesem Planeten brauchen Wasser. Pflanzen müssen ausgiebig und regelmäßig bewässert werden, damit sie gut wachsen. Leider ist Trinkwasser eine seltene Ressource. 97,5% des Wassers auf der Erde ist Meerwasser und somit salzig. Der größte Teil des Süßwassers auf der Erde ist in den Gletschern und im ewigen Schnee gebunden und nicht direkt zu unserer Nutzung verfügbar. Nur etwa 1% des Süßwassers ist für den Menschen leicht zugänglich. Es fließt in Flüssen und wird in Seen oder als Grundwasser gespeichert. Das entspricht nur 0,01% des gesamten Wasservolumens auf der Erde! Wenn es nicht genug regnet, pumpen die Landwirte das Wasser zur Bewässerung der Felder aus den Bächen, Flüssen und Seen ab oder greifen auf Grundwasser zurück. In der Wüste Pflanzen anzubauen, ist eine besondere Herausforderung, denn hier regnet es kaum.

70%
unserer Trinkwasserbestände werden zur Bewässerung genutzt. Das sind riesige Mengen Wasser:
3,5
Milliarden m^3 pro Jahr = über eine Million gefüllter Olympia-Schwimmbecken

Mehr als **1000 Liter,** um eine Tüte **Bonbons** herzustellen.

3000 Liter Wasser für **1 Kilo** Reis

1000 Liter Wasser für **1 Kilo** Weizen

30 Liter, um die Teeblätter für eine **einzige Tasse Tee** zu erhalten

2500 Liter Wasser, um die Baumwolle für ein einziges **T-Shirt** anzubauen

1988

2003

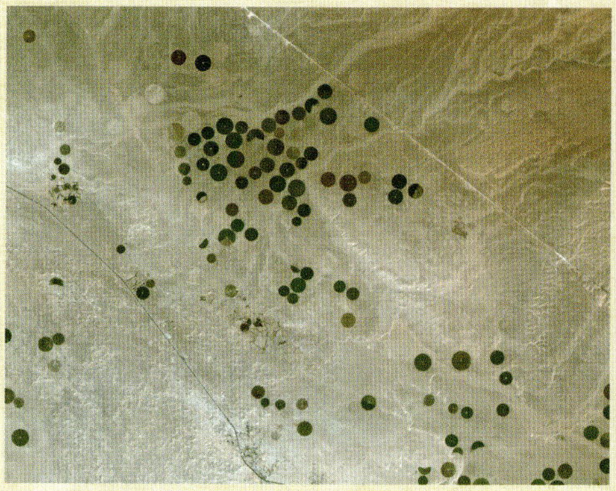

2010

Saudi Arabien

Begrünte Wüste

In dieser unwirtlichen Wüstengegend, wo im Jahr nur wenige Zentimeter Regenwasser fallen, erstrecken sich saftige, grüne Felder. Hier wird Getreide, Obst und Gemüse angebaut. Zur regelmäßigen Bewässerung der Pflanzen wird das Grundwasser, das zwischen 30 und 400 Meter tief im Boden lagert, hochgepumpt und mithilfe langer durchlöcherter Stangen, die sich wie ein Uhrzeiger im Kreis drehen, über den Pflanzen versprüht. Aber Achtung, die Grundwasserbestände erneuern sich nur äußerst langsam: Die unterirdischen Wasservorräte in der Wüste stammen aus der letzten Eiszeit, und es wird über 10.000 Jahre lang dauern, bis sie wieder aufgefüllt sind! Um Wasser zu sparen, könnte man Abwasser wiederaufbereiten, marode Wasserleitungen abdichten und Wasserverschwendung gezielt vorbeugen, raten Experten weltweit. Und Pflanzen anbauen, die an die Trockenheit angepasst sind und wenig Wasser benötigen. Wir können heute auch Salzwasser entsalzen, um Süßwasser zu erzeugen, aber das Verfahren verbraucht viel Energie und belastet unsere Umwelt – wir brauchen nachhaltigere Lösungen zur Wassergewinnung!

2017

Kreisrunde Felder

Die grünen Kreise im Bild sind ca. einen Kilometer große Bewässerungsflächen: Auf den grünen Feldern wurde frisch angepflanzt, auf den gräulichen wurden die Pflanzen schon abgeerntet. Was fällt dir auf, wenn du die kleinen Bilder links mit dem großen Bild vergleichst? Glaubst du, dass eines Tages die ganze Wüste von grünen Kreisflächen überzogen sein wird? Das kann niemand voraussagen, denn wir wissen nicht, wie viel Wasser noch tief unter der Erde lagert.

Gestrandetes Schiffswrack, Aralsee, Aral, Kasachstan (46°39'N –61°11'E)

Der menschliche Wahnsinn

Was macht dieses Schiff mitten in der Wüste? Noch vor fünfzig Jahren lag in dieser Wüste in Asien, an der Grenze zwischen Kasachstan und Usbekistan, das viertgrößte Binnengewässer der Erde: der Aralsee. Damals konnte dieses Schiff problemlos über das fischreiche Gewässer fahren. Der See war zwar schon immer ziemlich flach, aber dafür fast so groß wie ganz Bayern. Die meisten Anwohner lebten von der Fischerei. Doch dann verlor der See sein Wasser: Die Landwirte in der Region begannen Ende des 19. Jahrhunderts Baumwolle anzubauen, sehr viel Baumwolle. Für den Anbau werden riesige Mengen an Wasser verbraucht. Das veränderte das gesamte Ökosystem. Denn um Wasser für die Baumwollfelder zu gewinnen, musste ein Großteil des zufließenden Wassers abgepumpt und umgeleitet werden. Inzwischen ist der See beinahe trockengelegt.

Der

Aralsee

ist dramatisch geschrumpft und hat verloren:

90%

seines Wasservolumens und

75%

seiner Oberfläche ...

... sowie

28

Fischarten,

die es nur hier gab.

Im Vergleich:

1960: 68.480 km^2

40.000

Tonnen Fischfang

2004: 17.160 km^2

2015: 8300 km^2

2 Millionen Hektar Baumwollfelder

Usbekistan ist der zweitgrößte Exporteur von Baumwolle weltweit,

1960

wurden die Felder

10-mal im Jahr

mit Pestiziden besprüht, heute sind es

30 bis 40-mal

im Jahr.

2000

2006

2012

Kasachstan und Usbekistan

Bis zum letzten Tropfen

Die beiden Flüsse, die den Aralsee mit Wasser versorgen, heißen Amudarja und Syrdarja. Bevor sie in den Aralsee münden, fließen sie auch durch Kirgisistan, Tadschikistan und Turkmenistan. Alle Länder zapfen Wasser von den Flüssen ab. Durch das ständige Abpumpen des Flusswassers ist der Aralsee in den letzten Jahrzehnten dramatisch geschrumpft und das Wasser so versalzen, dass noch nicht einmal Salzwasserfische in dem einstigen Süßwasserbecken überleben konnten. Der ehemals riesige See hat sich in mehrere kleine Seen aufgeteilt. Dazwischen liegt nun Salzwüste. Der östliche Teil des Großen Aralsees ist in den letzten Sommern bereits mehrfach vollständig ausgetrocknet. Wenn ein so großes Gewässer verschwindet, hat dies auch Auswirkungen auf unser Klima. Die Temperaturen in der Region steigen im Sommer, und im Winter wird es kälter.

Als der See austrocknete, wanderten die meisten Fischer der Region ab. Die, die dageblieben sind, leiden oft unter schweren Krankheiten, weil die Landwirte seit vielen Jahrzehnten schon giftige Pflanzenschutzmittel verwenden, die sich im Salz auf dem ausgetrockneten Boden des Sees absetzen. Das Austrocknen des Aralsees ist eine der schlimmsten Umweltkatastrophen der Geschichte.

2017

Nur noch Pfützen

Das, was aussieht wie ein paar Pfützen im Wüstensand, sind die Reste des einst riesigen Sees: Seine ursprüngliche Ausdehnung kannst du anhand der hellen, fast runden Fläche erahnen. Es gibt Zeugnisse aus früheren Jahrhunderten, die beschreiben, dass die heutige Wüstenlandschaft früher einmal fruchtbarer Boden und zum Teil sogar Sumpfgebiet gewesen sein muss.

Um ihren Teil des Sees – den nördlichen Kleinen Aralsee, oben rechts im Bild – zu retten, haben die Kasachen einen Damm gebaut, der das Wasser zurückhält. Seitdem erholt sich dieser Teil wieder. Sogar Süßwasserfische haben sich in dem seichten Wasser schon wieder angesiedelt. Durch den Staudamm erhält nun aber die andere Seehälfte, der westliche Große Aralsee (die beiden Streifen unten im großen Bild), die auch zu Usbekistan gehört, kaum mehr Wasser.

Eine Karawane in den Dünen nahe bei Nouakchott, Mauretanien (18°09'N –15°29'O)

Meer ohne Wasser

Wüsten gehören zu den unwirtlichsten Gegenden der Erde. Man sollte sich dort besser nicht verlaufen! Trotz der rauen Lebensbedingungen gibt es in der Wüste zahlreiche Lebewesen: Pflanzen, Kakteen, Schlangen, Skorpione, Erdmännchen, Antilopen ... Und auch die Menschen haben sich an die extremen Lebensbedingungen angepasst. Um sich fortzubewegen, nutzen sie Kamele: Diese „Wüstenschiffe" brauchen kein Benzin und überleben tagelang ohne Wasser! Auf dem Bild siehst du einen Teil der Sahara. Im Arabischen heißt sie auch „Bahr-bila ma", Meer ohne Wasser. Die Sahara ist nicht nur die größte Trockenwüste der Erde, sondern auch die Wüste, die sich am schnellsten ausbreitet: In der Sahelzone, der ca. 400 km breiten Übergangszone zwischen der Sahara und den Dorn- und Trockensavannen, wächst die Wüste pro Jahr bis zu 17 km weiter nach Süden.

25 bis
250 mm
Niederschlag pro Jahr in Wüstengebieten

500 mm
Niederschlag pro Jahr in Gebieten mit zeitweisen Trockenzeiten

700 bis 800 mm
Niederschlag pro Jahr in Deutschland

In der **Sahara** gibt es über **1000** verschiedene Pflanzenarten.

40% des Festlands auf der Erde sind **Wüsten** und **Halbwüsten.**

15 Jahre ohne Regen: Die Atacama-Wüste in Chile ist einer der **trockensten Orte** der Welt.

14 Millionen km²: **Die Antarktis** ist die größte **Eiswüste** der Erde.

9 Millionen km²: **Die Sahara** ist die größte Trockenwüste der Erde. Sie ist ungefähr **26-mal** so groß wie Deutschland.

50% der Haustiere leben in Trockengebieten. Ziegen, Kamele und Zebus liefern Milch, Fleisch, Leder und Felle für rund **50 Millionen** Menschen.

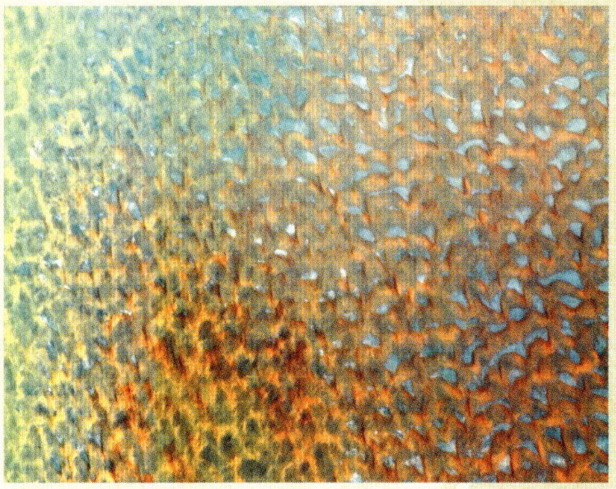

Suhul Al Kidan, Saudi-Arabien
(22°N–54°E)

Djebel Toueik, Saudi-Arabien
(23°N–46°E)

Erg Oubari, Sahara, Libyen
(26°50'N–13°E)

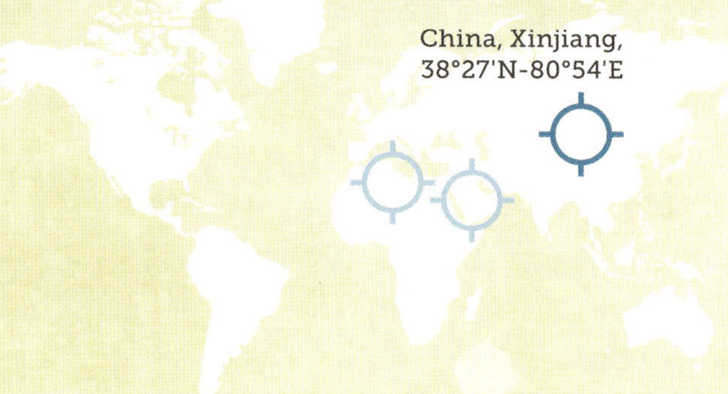

Nordafrika und China

Ein Leben ohne Regen

Wüsten sind extrem trockene oder eiskalte Regionen, in denen keine oder nur vereinzelt Pflanzen wachsen. Wüstenlandschaften können sehr vielfältig sein: Neben den charakteristischen Sandwüsten, die rund ein Fünftel aller Wüsten ausmachen, kennen wir auch Kies-, Geröll-, Fels- und Staubwüsten. Es gibt Lehmwüsten, mit einer harten, von Rissen durchzogenen Oberfläche, Salzwüsten und Kältewüsten. In manchen Wüsten kommt es zu radikalen Temperaturschwankungen: So kann es in der Wüste Gobi in China und der Mongolei im Sommer über 40 °C heiß werden, während die Temperaturen im Winter auf bis zu -60 °C sinken!

Weltweit dehnen sich die Wüstengebiete aus – ehemals fruchtbares Land wird so ebenfalls zum Trockengebiet. Diese sogenannte Desertifikation stellt eine große Bedrohung für die Umwelt dar. Um gegen die Verwüstung der Sahara anzukämpfen, haben sich über zwanzig afrikanische Staaten mit internationaler Hilfe zusammengeschlossen: Seit 2007 werden an den Wüstenrändern Tausende von Bäumen gepflanzt, um die fortschreitende Austrocknung des Bodens zu verhindern. Die „Great Green Wall" wird sich eines Tages rund 8000 km weit quer über den afrikanischen Kontinent, vom Senegal bis nach Djibouti, ziehen.

Wüste in Bunt

Die sonderbare Schlangenlinie, die im großen Bild die Taklamakan-Wüste in China durchquert, ist der Fluss Hotan. Die Farben sind trügerisch: Das, was im Bild rot aussieht, ist in Wirklichkeit grüne Vegetation! Und die ockergelbe, fast horizontal verlaufende Linie ist der Übergang von Dünenlandschaft zu Sandebene.
Satellitenkaptoren funktionieren nicht wie das menschliche Auge. Die weißen Flecken in der Sahara im linken kleinen Bild sind keine Wolken und auch kein Schnee, sondern ein besonderer Spiegelungseffekt: Hier bricht sich das Licht auf dem Gipfel der Sanddünen.
Die Dünen im rechten kleinen Bild sind besonders. Wie feine, parallel verlaufende Schnüre ziehen sie sich durch die Wüste. In Form gebracht werden sie durch die Passatwinde, die in dieser Region stets in die gleiche Richtung blasen. Auf diese Weise entstehende Längsdünen können mehrere Kilometer lang werden.

Der Gipfel des Kilimandscharo war einst von Eis bedeckt, Tansania (3°04'S –37°22'E)

Das Eis schmilzt!

Von den Alpen in Europa bis zum Himalaya in Asien, von den Anden in Südamerika bis zu den höchsten Gipfeln in Afrika: Überall schmelzen die Gletscher. Seit es die Erde gibt, haben die Gletscher auf ihr ihre Ausdehnung verändert: Je nachdem, wie viel Niederschlag fällt und ob die Temperaturen steigen oder fallen, haben sich die Gletscher ausgedehnt oder sind geschrumpft. Die starke und schnelle Gletscherschmelze der letzten Jahrzehnte aber ist außergewöhnlich. Die Forscher sind sich einig, dass sie durch die steigenden Temperaturen aufgrund der Klimaerwärmung verursacht wird. Die schmelzenden Gletscher sind das deutlichste Zeichen für den Klimawandel: Einige von ihnen werden schon in wenigen Jahrzehnten verschwunden sein. Und auf manchen Berggipfeln zeugen bereits heute nur noch einige weiße Tupfer vom „ewigen Eis".

Gletscher sind natürliche Wasserspeicher:

70%

des Süßwassers auf der Erde sind in Form von **Gletschereis** gespeichert.

In den Alpen gibt es rund **5000 Gletscher.** Bis 2050 werden es weniger als

2500

sein.

Weltweit gibt es **ca. 160.000 Gletscher.** Die Mehrheit zieht sich seit den 1970er-Jahren verstärkt zurück. Bis zum Ende des Jahrhunderts werden sie rund **20%** ihrer Eismasse verloren haben.

Im Himalaya existieren etwa **15.000 Gletscher.** Sie speisen die größten Flüsse der Region mit Wasser: den Ganges, den Jangtsekiang und den Brahmaputra. Über **2 Millionen Menschen** versorgen sich mit ihrem Wasser.

Großer Aletschgletscher, größter und längster Gletscher der Alpen, Wallis, Schweiz

Tansania und Schweiz

Globales Fieberthermometer

Gletscher sind Eisfelder, die vor allem aus verdichtetem Schnee bestehen. Sie bilden sich dort, wo jährlich mehr gefrorener Niederschlag fällt als schmilzt. Weil das Gletschereis viele Tausende Jahre alt ist, spricht man auch vom „ewigen Eis". Da das Eis schmilzt, wenn die Temperaturen steigen, kann man anhand der Gebirgsgletscher die allgemeinen Klimaveränderungen gut beobachten. Gletscher sind somit eine Art globales Fieberthermometer. Insofern zeigt uns der spektakuläre, weltweite Rückzug der Gebirgsgletscher deutlich, dass sich das Klima im letzten Jahrhundert stark verändert hat. Und wodurch entsteht die Klimaerwärmung? Abgase von Autos, Fabriken und andere menschengemachte Emissionen sogenannter Treibhausgase erzeugen den „Treibhauseffekt". Dabei legt sich eine Glocke aus unsichtbarem Gas um die Erdkugel. Diese Gasglocke verhindert, dass die Wärme der Sonnenstrahlen wieder in den Weltraum entweichen kann. Und das führt zum Anstieg der Boden- und Lufttemperatur auf der Erde. .

Das Ende des ewigen Schnees

Der Kilimandscharo ist mit 5895 Metern der höchste Berg auf dem afrikanischen Kontinent. Er ist berühmt für seine weiße Kappe, eine riesige Fläche aus ewigem Eis und Schnee. Dieser Gipfelgletscher ist in den vergangenen hundert Jahren von 20 km^2 auf knapp 1 km^2 geschrumpft. Im Falle des Kilimandscharo hat allerdings nicht nur die Klimaerwärmung zur Eisschmelze beigetragen: Um das Bergmassiv herum wuchsen einst zahlreiche Bäume, die in den vergangenen Jahrzehnten abgeholzt wurden. Ohne diesen Baumgürtel sammelt sich in der Region nun weniger Luftfeuchtigkeit, die als Regen oder Schnee niedergehen könnte – was eine Erneuerung des Eis- und Schneefeldes erschwert.
Das kleine Bild zeigt den Aletschgletscher, den größten Gletscher der Alpen: Er ist über 22 Kilometer lang und bis zu 1800 Meter breit. Bis zum Ende des Jahrhunderts wird er wohl zu großen Teilen geschmolzen sein.

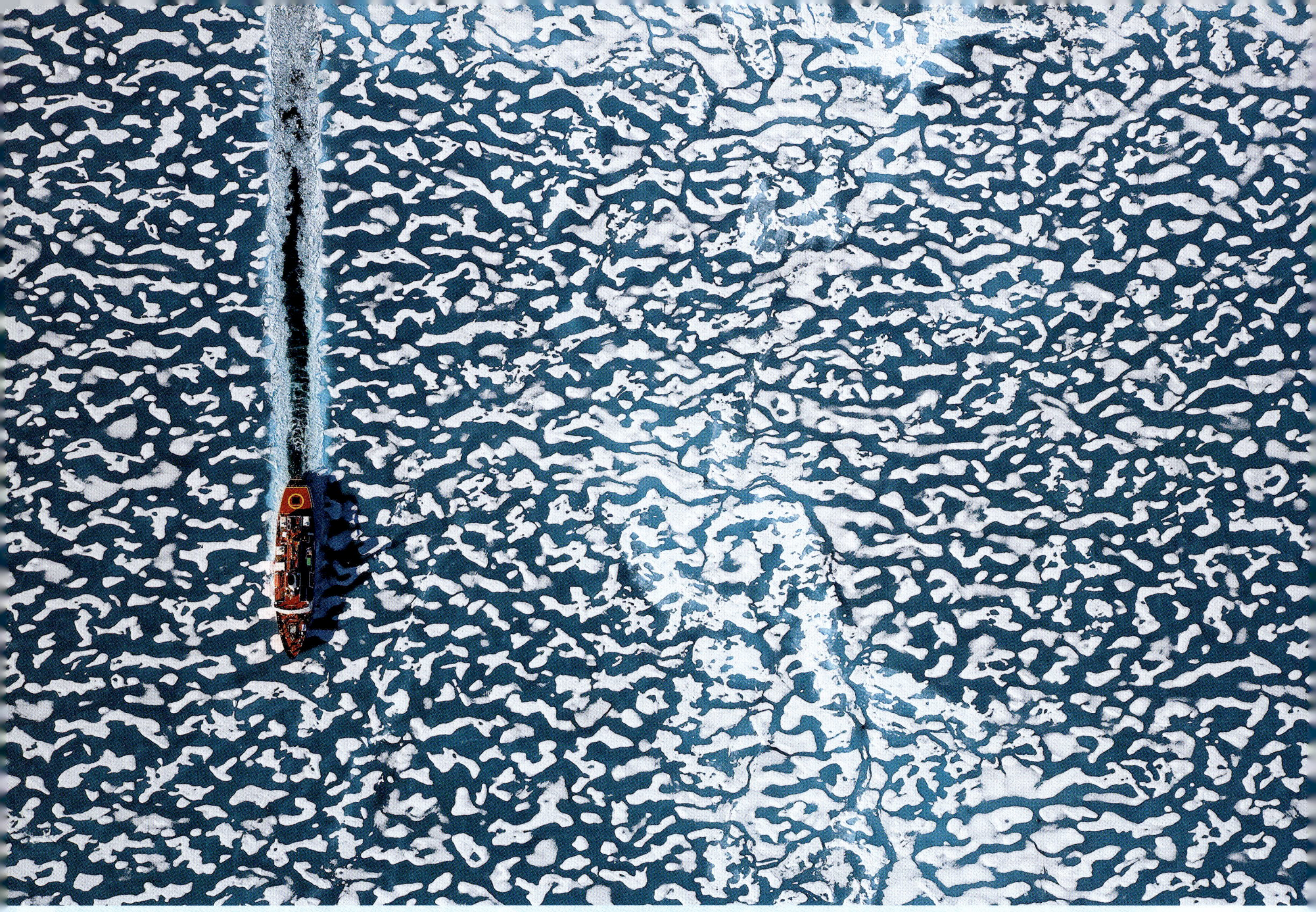

Der kanadische Eisbrecher Louis S. St-Laurent in der Resolute Bay, Nunavut, Kanada (74°42'N –95°18'O)

Aus dem Gleichgewicht

Ein Schiff, das mitten durch das Packeis fährt? Der Nordpol ohne Eis? Das ist keine Szene aus einem Fantasy-Roman, sondern beginnt gerade Wirklichkeit zu werden. Denn das Meereis an den Polen geht Jahr für Jahr zurück. Und die Folgen dieser Eisschmelze sind überall sichtbar.

Die Arktis (am Nordpol) ist ein von Kontinenten umgebener Ozean. Die Antarktis (am Südpol) ist ein von Ozeanen umgebener Kontinent. Im Gegensatz zum Eis der Antarktis, das Festland bedeckt, schwimmt das Eis der Arktis auf dem Meer, wie ein Eiswürfel im Wasserglas. Es verdrängt genau die Menge Wasser, die es selbst als Eis hält. Wenn es schmilzt, steigt der Meeresspiegel daher nicht an.

Das Polareis ist keine riesige öde Eiswüste. Es bietet zahlreichen Tieren einen Lebensraum, die anderswo nicht überleben könnten! Der größte Eisbewohner ist der Eisbär. Ohne das Meereis hätte er kein Zuhause und würde nicht mehr genug Futter finden.

In der
Arktis gibt es rund
5900
Pflanzenarten und
6000
Tierarten.
Im arktischen Meer
leben rund 250
Fischarten.

In der
Arktis gibt es
durchschnittlich
10 Millionen km^2 Meereis,
also etwa so viel wie
28-mal die Fläche von
Deutschland.

In den letzten
40 Jahren
hat das arktische Meereis rund
40%
an Eisdicke und an Eisfläche
verloren.
Wissenschaftler sagen voraus,
dass es um 2050 im Sommer
erstmals kein Eis mehr
am Nordpol geben
könnte!

Weltweit
gibt es zwischen
20.000
und **25.000**
Eisbären.
Wissenschaftler befürchten,
dass es in 40 Jahren
30% weniger Eisbären
geben wird.

In der
Arktis spürt man
die Klimaerwärmung am
meisten: Hier sind die
Temperaturen stärker gestiegen
als in jeder anderen
Region auf der
Welt!

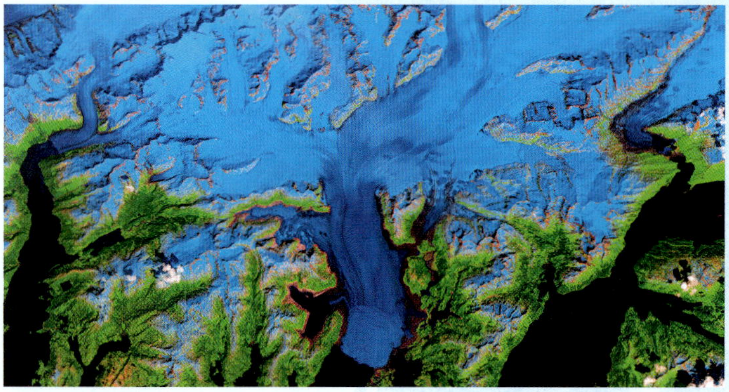

1989

2011

Kanada, Nunavut,
Insel Akpatok
(74°42'N –95°18'O)

Kanada und Arktis

Klimaanlage aus Eis

Die Schnee- und Eisflächen sind wie ein riesiger Spiegel: Sie reflektieren den größten Teil der einstrahlenden Sonnenenergie zurück ins Weltall und verhindern so, dass sich die Temperaturen auf der Erde zu stark erwärmen. Die große, weiße Eiskappe, die den Nordpol bedeckt, funktioniert also wie eine Art Klimaanlage. Wenn die Schnee- und Eisflächen aber schmelzen, treffen die Sonnenstrahlen auf die nun freigelegten Land- und Wasseroberflächen, die mit ihrer dunkleren Farbe einen großen Teil der Sonnenenergie aufnehmen und so die Erdoberfläche stärker erwärmen.

Das natürliche Gleichgewicht ist also in Gefahr!

Natürlich hängt die Ausdehnung der Meereisfläche stark von der Jahreszeit ab: Im Sommer schmilzt ein großer Teil, im Winter gefriert das Wasser wieder und die Eisfläche dehnt sich aus. Je nach Jahreszeit schwankt die Größe der Eisfläche zwischen 3,5 und 14 Millionen km^2.

Aber im Durchschnitt schmilzt das arktische Eis im Sommer viel stärker als noch vor 30 Jahren. Deshalb sagen Klimaforscher voraus, dass das Meer am Nordpol in ca. 30 Jahren im Sommer erstmalig eisfrei sein könnte.

2012

Aus Eis wird Wasser

Ein Blick aus dem Weltall zeigt uns die riesige Fläche, die das arktische Meereis einnimmt. Die Satellitenbilder geben uns auch Aufschluss darüber, wie sich das Meereis im Laufe der Zeit entwickelt hat: Zwischen den beiden kleinen Satellitenbildern links liegen 22 Jahre. Die hellblaue Fläche ist Meereis, die dunkelblaue Meerwasser. Du kannst deutlich erkennen, dass die dunkelblaue Fläche auf dem zweiten Bild stark zugenommen hat. Das Meereis schmilzt und wird weniger.

Im Satellitenbild oben siehst du die Insel Akpatok im Norden Kanadas. Sie ist vollständig von Eis bedeckt und bietet Eisbären, Robben und den Jägern der Inuit ein Zuhause. Die dunklen Stellen sind (nicht gefrorenes) Meerwasser, die hellblauen und weißen Flächen riesige Platten aus Meereis, die auf dem Wasser schwimmen. Und dann sind da noch merkwürdige rote Flecken ... Das sind Wolken, die durch die Fotolinse des Satelliten farblich verändert werden!

Beacon Valley, Trockentäler von McMurdo, Antarktis (77°50'S –160°50'E)

Welt aus Eis

Die Antarktis ist eine der unwirtlichsten Regionen der Erde. Die riesige Wüste aus Eis liegt weit entfernt am Südpol. Eisige Winde fegen über die karge Landschaft hinweg, die Temperaturen können hier bis auf unter -90 Grad Celsius sinken und Nahrung gibt es kaum. Im Gegensatz zur Arktis, die aus Meereis besteht, ist die Antarktis Festland. Sie ist sogar ein eigener Kontinent, der fast vollständig von Eis bedeckt ist. 1961 einigten sich die Staaten darauf, die Antarktis durch ein internationales Abkommen unter Schutz zu stellen. Heute teilen sich sieben Großmächte diesen riesigen Kontinent, auf dem keine Menschen leben – außer einige Forscherinnen und Forscher in den internationalen Forschungsstationen. Doch auch hier verändert der Klimawandel die Landschaft, mit Folgen: Wenn das Eis der Antarktis vollständig schmilzt, würde der Meeresspiegel um ganze 60 Meter steigen!

Antarktis
liegt am Südpol.
Arktis
liegt am Nordpol.

Im Winter
sind es in der
Antarktis
-70 °C,
im Sommer um die
-15 °C.

Bis zu
4,5 km
kann das
antarktische
Eisschild
dick werden.

-93 °C
Der Kälterekord
auf der Erde wurde
im Jahr 2010
hier gemessen.

80
Forschungsstationen
1000
Forscher im Winter
4000
Forscher im Sommer
600.000
Pinguine

14
Millionen
km^2
Oberfläche
= größer als ganz
Europa

Der Gebirgskamm Gondola Ridge und der Mackay-Gletscher (77°50′S –161°50′E)

Eisberge und Adeliepinguine, Adélieland (66°00′S –141°00′E)

Gletscherzunge des Taylor-Gletschers mündet in das antarktische Trockental Beacon-Valley (77°48′S –160°50′E)

Antarktis, Lützow-Holm-Bucht (69°S - 37°E)

Antarktis

Mehr als gedacht!

Die Antarktis ist eine riesige, aber keinesfalls flache Eiswüste. Wie auf allen anderen Kontinenten gibt es hier Meer, Gebirge, Ebenen und Täler. Mit ihren Messgeräten haben Forscher herausgefunden, dass es in der Antarktis unter der dicken Eisschicht sogar einen riesigen See gibt, ebenso wie einen Canyon, der ähnlich tief ist wie der berühmte Grand Canyon in den USA.

Da der Südpol je nach Jahreszeit der am stärksten der Sonne zu- oder abgeneigte Punkt der Erde ist, sind die Tages- und Nachtzeiten hier am extremsten: In den Wintermonaten, von März bis September, geht die Sonne am südlichsten Punkt nie auf, es ist 24 Stunden lang Nacht. In den Sommermonaten geht die Sonne dort nie unter. Es ist 24 Stunden lang Tag.

Dank der Satellitenaufnahmen sind die Forscher am Südpol auch zu anderen interessanten Ergebnissen gekommen: Anhand besonders genauer Bilder konnten sie ermitteln, wie viele erwachsene Tiere in den verschiedenen Pinguinkolonien leben. Sie zählten 44 Kolonien – und ca. 600.000 Kaiserpinguine, fast doppelt so viele, wie man lange geschätzt hatte.

Berge und Täler

Aus dem Weltall kann man die vielfältige Landschaft der Antarktis bestaunen: Beim Überfliegen der Lützow-Holm-Bucht (siehe großes Satellitenbild) erkennt man die eisfreien Gebiete, die Schatten der Landerhebungen, die schneebedeckten Landschaften und das glitzernde Meer, rechts im Bild. Im Osten liegen die schneefreien sogenannten „Trockentäler“: Hier fegen eiskalte Winde mit bis zu 300 km/h über das Land und verhindern so, dass sich der Schnee ablagern kann.

Der antarktische Kontinent wird von hohen Gebirgsketten durchzogen, deren Gipfel bis zu 4892 Meter hoch sind – höher als der Mont Blanc, der höchste Berg in Europa. Im mittleren Bild auf der linken Seite siehst du Eisberge, die im Wasser treiben. Mitten im Bild kannst du einen schwarzen Punkt erkennen, das ist ein einsamer Königspinguin!

Ein Gewitter über dem Amazonas-Regenwald bei Tefé, Amazonas, Brasilien (3°32'S –64°53'O)

Die „grüne Lunge"

Im feuchten und warmen, tropischen Klima des Amazonas-Regenwalds gedeihen die Pflanzen wie in einem Treibhaus. Nirgends wachsen sie so schnell wie hier. Das größte Regenwaldgebiet der Welt spielt eine entscheidende Rolle bei der Regulierung des Erdklimas: Die Blätter der Baumriesen entziehen der Luft Kohlendioxid (CO_2) und verwandeln es in Sauerstoff. Deshalb bezeichnet man den Regenwald auch als die „grüne Lunge" der Erde. Gleichzeitig geben die Bäume über ihre Blätter große Mengen an Wasserdampf ab, der sich über den Baumkronen in Form von Wolken sammelt. Wenn Sonnenstrahlen auf diese feinen Wassertröpfchen treffen, entsteht ein Regenbogen – wie der, der sich hier über den Regenwald spannt. Der Regenwald im Amazonas-Becken, der neun Länder Südamerikas miteinander verbindet, ist von allen Wäldern der Welt derjenige mit der größten Artenvielfalt. Er bietet Lebensraum für unzählige Tiere und Pflanzen.

Der Amazonas-Regenwald ist der größte tropische Urwald der Erde:

6,7 Millionen km^2 Wald

40.000 Pflanzenarten

2000 Schmetterlingsarten

3000 Fischarten.

1/3

der Landfläche der Erde ist mit Wald bedeckt. Das sind etwa

4 Milliarden Hektar

Wald.

In

Europa

besteht ein Wald aus nur wenigen Baumarten – im Amazonas-Regenwald wachsen auf einem Hektar über

300

verschiedene.

50%

des

Sauerstoffs

in der Erdatmosphäre wird von

Bäumen

produziert.

10%

aller auf der Welt lebenden Tierarten leben im

Amazonas-Regenwald.

Der Río Beni, ein Quellfluss des Amazonas (14°06'S –67°33'O)

Brasilien und Bolivien

Wettermacher Wald

Die dichte Regenwaldvegetation und ihr Wolkendach schützen die Erde vor einer stärkeren Aufheizung der Atmosphäre, indem sie unter anderem Sonnenenergie speichern und Luftfeuchtigkeit spenden. Das bedeutet, bei der Regulierung des Wasserkreislaufs auf der Erde und in der Luft spielen die Wälder eine wichtige Rolle. Zum einen beeinflussen die Bäume durch ihre Wurzeln, die das Wasser im Boden aufsaugen, den Wassergehalt von Flüssen und ihren Verlauf. Zum anderen ist im Wald die Luftfeuchtigkeit meistens höher. Sie sammelt sich in Form von Wolken, die dann, vom Wind getrieben, an anderen Stellen wieder abregnen. Der Regenwald ist maßgeblich an der Entstehung unseres Wetters beteiligt. Wie groß die Bedeutung des Waldes für unser Klima und unser Wetter wirklich ist – das beginnen Wissenschaftler gerade erst zu verstehen. Viele Risiken liegen darin, sagen sie, weil alles so hochkomplex sei, aber auch große Chancen für unseren Planeten. Bisher wissen wir nur mit Sicherheit, dass die Zerstörung des Regenwalds nicht nur eine Bedrohung für die Artenvielfalt, sondern für das gesamte Erdklima bedeutet!

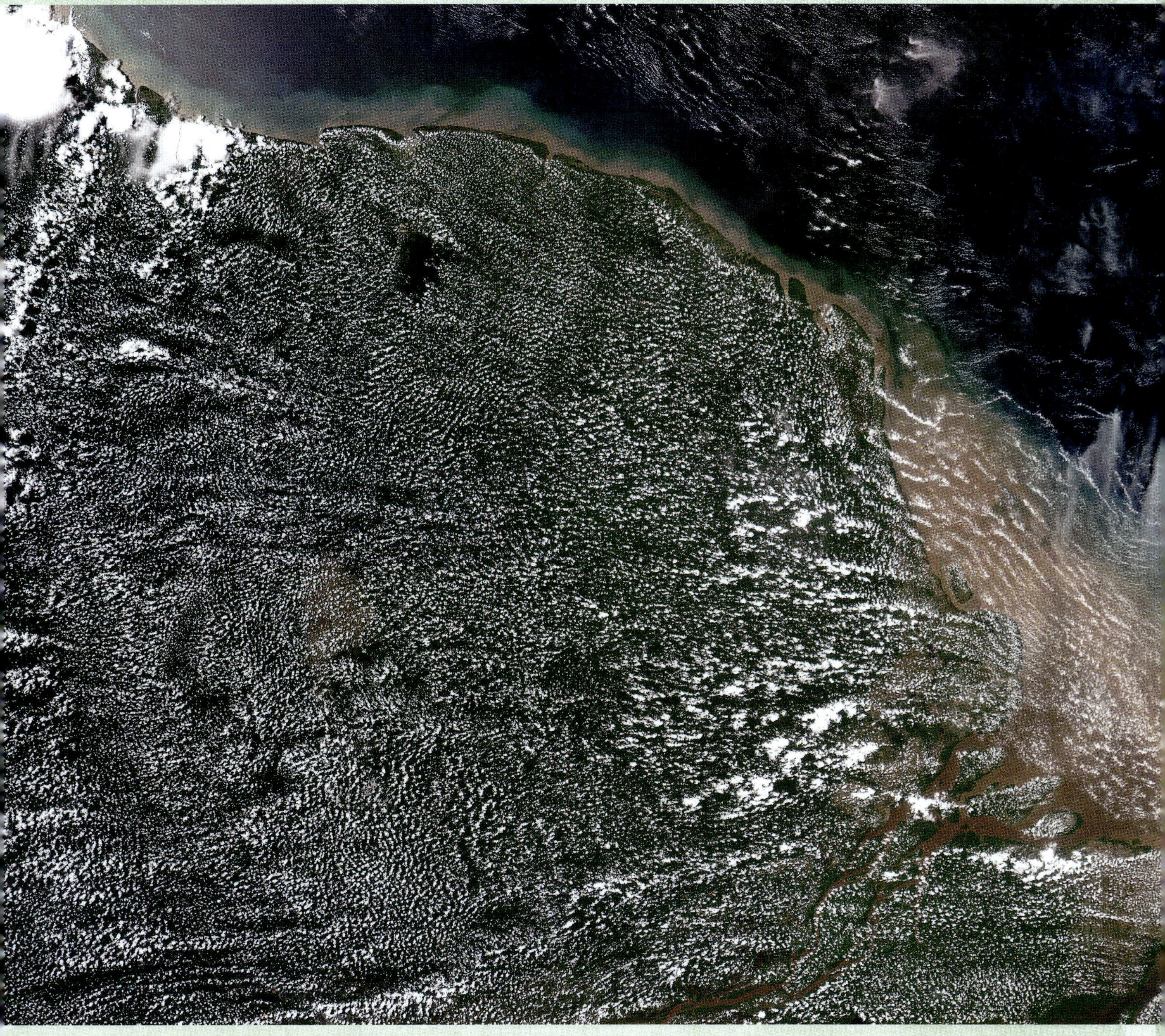

Wasser auf Reisen

Auf dem Bild oben siehst du das Wolkendach, das sich wie ein gleichmäßiger Schleier über den Regenwald legt. Die Wolken entstehen zu Teilen durch den Wasserdampf, den die Pflanzen ausstoßen.
Der Namensgeber dieses Regenwaldes ist übrigens der Amazonas, der längste Fluss der Welt. Er schlängelt sich in breiten Schleifen durch den dichten Urwald. In seinem obersten Lauf führt er einen hohen Anteil an Tonmineralien mit sich, die ihm seine helle Färbung und die Bezeichnung „Weißwasserfluss" verleihen. Einen Ausschnitt dieses Teils siehst du auf dem kleinen Bild. Immer wieder verändert der Amazonas seinen Lauf und sucht sich neue, kürzere Wege. Manchmal werden dann Schleifenabschnitte von der Wasserversorgung abgeschnitten.

Große Korallenbarriere, Queensland, Australien (16°55'S –146°03'E)

Eine fragile Festung

Das Great Barrier Reef im Nordosten Australiens ist das größte lebende Bauwerk der Welt. Auf den ersten Blick könnte man meinen, es handle sich um ein riesiges Felsplateau unter Wasser. Stattdessen sind die farbenprächtigen Korallenriffe das Produkt winziger Lebewesen, der Korallenpolypen. Korallenriffe bestehen aus Millionen dieser winzigen Nesseltiere, die durch ständige Kalkablagerungen im Lauf der Jahrtausende Riffe von gigantischen Ausmaßen erschaffen haben.

Die Polypen leben in Symbiose mit bestimmten Algen, die sie mit Nährstoffen versorgen und die ihnen ihre prächtigen Farben verleihen. Korallen sind extrem empfindliche Lebewesen: Sie benötigen klares, sauberes und flaches Wasser, um sich zu entwickeln, und eine Wassertemperatur von ca. 22 bis 28 °C. Diese einzigartige Unterwasserlandschaft der Korallenriffe ist heute stark gefährdet.

Das
Great Barrier Reef
in Australien ist

344.400 km²

groß, fast so groß wie

ganz Deutschland.

Nur **1%** des
Meeresraums
besteht aus

Korallenriffen.

Aber 1/4 aller

Fischarten

leben hier.

Korallenriffe
sind von unzähligen
Lebewesen bevölkert:

Fische, Krebse und Weichtiere

finden hier Nahrung,
Schutz vor Wellengang
und Raubtieren.

Das
Belize Barrier
Reef in der Karibik ist

256 km lang

und das

zweitgrößte Riffsystem

der Welt.

Korallen

wachsen nur
wenige Millimeter
pro Jahr.
Beschädigte Korallen
brauchen mindestens

10 Jahre,

um sich zu
regenerieren.

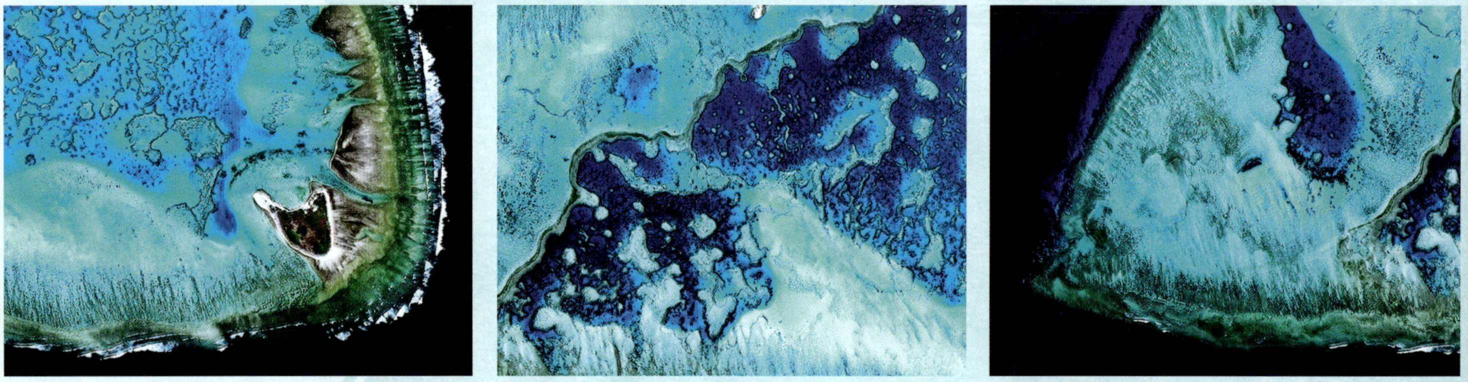

One Tree Island, Queensland, Australien (23°29'S –152°03'E)

Australien

Empfindliche Riesen

Korallenriffe, die eine mehr oder weniger kreisrunde Form haben und eine Lagune umschließen, nennt man Atolle. Sie sind die Überreste von Vulkaninseln, in deren flachen Ufergewässern sich Korallenriffe bildeten. Im Lauf der Jahrtausende erodierten die Inseln und versanken, nur die Korallenriffe blieben und wuchsen weiter! Doch diese Riffe sind jetzt in Gefahr. Wenn das Wasser sich zu stark erwärmt und die Wassertemperatur längere Zeit über 30 °C liegt, produzieren die Algen, die auf den Korallen leben, Giftstoffe. Darauf reagieren die Korallenpolypen und stoßen „ihre" Algen ab. Ohne Algen verlieren die Korallen ihre prächtigen Farben. Sie verbleichen und werden krank. Wenn sich keine neuen Algen auf ihnen ansiedeln, sterben die Korallen, langfristig sogar das gesamte Riff. In den letzten Jahren, insbesondere in den Jahren 2016 und 2017, hat die klimabedingte Erwärmung des Ozeans zu mehreren riesigen Korallenbleichen des 2300 km langen Great Barrier Reef geführt. Mittlerweile sind 75% des Riffbestandes stark gefährdet. Mit den Korallen sterben auch viele Fische und andere Lebewesen, die von ihnen abhängen. Und ohne sie verlieren auch die Menschen, die dort leben, ihre Lebensgrundlage.

Es war einmal ein Vulkan

Auf dem Bild oben siehst du den schmalen kreisförmigen Rand des Korallenriffs von One Tree Island und die Lagune in seiner Mitte und kannst erahnen, wie die Vulkaninsel früher einmal aussah. One Tree Island ist sogar bewohnt. Hier befindet sich das einzige Forschungszentrum des Great Barrier Reef, in dem bis zu 30 Wissenschaftler und Studierende forschen, um die fragile Korallenwelt zu schützen und zu erhalten.

Eine Insel in der Karibik, Exuma Cays, Bahamas (24°28'N –76°46'O)

Inselparadiese

Die Gewässer der Bahamas-Inseln zählen zu den schönsten der Erde: kristallklares, azurfarbiges und wohltemperiertes Wasser, weiße Sandstrände ... Von den rund 700 Inseln im Herzen der Karibik sind nur etwa 30 bewohnt. Jedes Jahr locken sie rund eine Million Besucher zum Sonnenbaden, Tauchen und Entspannen an. Das sind fast viermal so viele Menschen wie die Bahamas an Einwohnern zählen! Die Touristen kommen von überallher. Besonders beliebt sind die Bahamas bei den Amerikanern, die mit riesigen Kreuzfahrtschiffen aus dem nahen Florida anreisen. Bisher konnten die Bahamas ihre Traumlandschaften schützen; auch dank der Einrichtung von 22 Nationalparks. Aber wie lange wird das noch währen? Denn alle diese Urlauber wollen befördert, ernährt und unterhalten werden, und das hat schwerwiegende Auswirkungen für diese Traumlandschaft ...

Touristen-
aufkommen weltweit

1950: 25 Millionen

2017: 1,4 Milliarden

**2030:
1,8 Milliarden**
(voraussichtlich)

Auf den
Bahamas
arbeiten

60%

der Berufstätigen
im Tourismus.

52%

der Touristen weltweit
reisen mit dem Flugzeug.

8%

der klimaschädlichen
Treibhausgase entstehen
durch den weltweiten
Tourismus.

**Einmal
hin und zurück**
von Deutschland nach
Australien zu fliegen,
kostet so viel Energie wie
eine Person
in Deutschland
durchschnittlich
**jährlich an Strom
verbraucht.**

96%

der Küste von
Costa Blanca
in Spanien sind
bebaut.

Blick auf ein „blaues Loch", Sandy Cay, Bahamas (23°2'N –75°2'O)

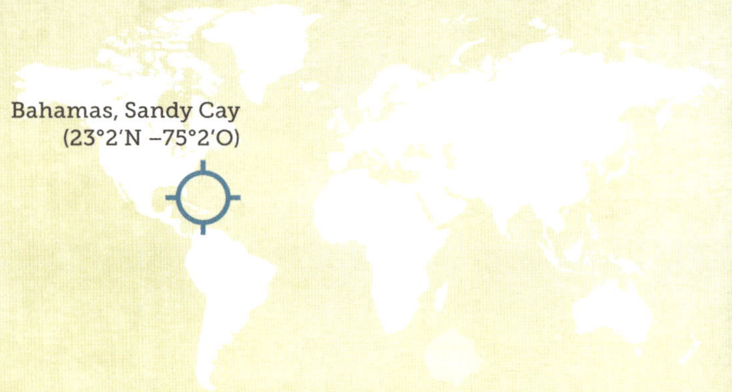

Bahamas

Verantwortungsvoll reisen

In ferne Länder zu reisen ist für viele eine Selbstverständlichkeit – und die Deutschen gehören zu den Reiseweltmeistern. Das Erkunden fremder Länder ist sicherlich eine der besten Möglichkeiten, um auszuspannen, aber der weltweite Tourismus fordert einen hohen Preis: Tausende von Flugzeugen rauschen täglich über Europa hinweg und belasten die Luft mit ihren CO_2-Emissionen; Hotels werden gebaut, Straßen und Schwimmbäder angelegt, Tonnen von Abfällen erzeugt und riesige Mengen an Strom und Wasser verbraucht, um den Komfort der Urlauber sicherzustellen. So verbraucht ein Urlauber in drei Wochen oft so viel Wasser wie eine Bauernfamilie vor Ort in einem ganzen Jahr! Allein um einen Pool zu betreiben, benötigt ein Hotel 440 Liter Wasser pro Tag und pro Hotelgast.

Aber es gibt auch erste positive Entwicklungen: Manche Länder wie Costa Rica in Zentralamerika bemühen sich erfolgreich, einen ökologisch verträglichen Tourismus zu fördern. Unter der Devise „Nichts mitnehmen außer Fotos und Erinnerungen, nichts hinterlassen außer Fußspuren" wirbt der Ökotourismus für ein verantwortungsvolles Reisen, das das Wohlergehen der Bevölkerung und den Schutz der Umwelt miteinbezieht.

Wunder der Natur

Die strahlend weißen Sandbänke, die die Inseln umgeben, werden durch die Meeresströmungen geformt. Es entstehen wundersame Figuren, die aus dem Weltall wie blaue Zauberbäume aussehen (großes Bild). Die braunen Flecken dazwischen sind Landerhebungen.
Auf den Bahamas gibt es zahlreiche „blue holes", blaue Löcher: Das sind Höhlen unter Wasser, die bis zu 200 Meter tief sind und deren Öffnung nach oben hin sichtbar ist – wie die, die du auf dem Bild oben links siehst. Sandy Cay gehört zu den unbewohnten Bahamas-Inseln. Viele reiche Urlauber legen mit ihren Booten vor der Insel an, es gibt einen Vogelwanderweg, aber keine feste Behausung.

Weitere Titel von Yann Arthus-Bertrand bei Gabriel:
Wie geht's dir, Welt, und was ist morgen?

Mehr über unsere Bücher, Autoren und Illustratoren auf: www.gabriel-verlag.de

Die Stiftung GoodPlanet, die von Yann Arthus-Bertrand gegründet wurde, hat sich zum Ziel gesetzt, Menschen für Themen wie Ökologie und Nachhaltigkeit zu sensibilisieren.

www.goodplanet.org

Arthus-Bertrand, Yann; Blond, Olivier; Crossley, Roxanne; Javanaud, Cédric; Leprovost, Julien; Jankéliowitch, Anne

Dünnes Eis – Was braucht die Welt, damit sie hält?
ISBN 978 3 522 30529 7

Die Originalausgabe erschien unter dem Titel „Ma terre vue de l'espace"

Text: Roxanne Crossley, Cédric Javanaud, Julien Leprovost und Anne Jankéliowitch
Fotos: Yann Arthus-Bertrand
Bildredaktion: Françoise Jacquot
Luftaufnahmen: Yann Arthus-Bertrand

Andere Fotos: **AIRBUS** DS, NASA

Aus dem Französischen von Kristina Petersen

Lektorat: Katja Schüler
Layout: Dagmar Herrmann und Sibylle in der Schmitten, two-up
Einband, Satz und Innentypografie: Sibylle in der Schmitten, two-up
Korrektorat: Sonja Hartl
Reproduktion: DIGIZWO GbR, Stuttgart
Druck und Bindung: Livonia Print, Riga

Bildnachweis

Titel © NASAIGSFCI Eros Data Center;
Titelinnenseiten © Yann Arthus-Bertrand;
S. 9 © CNES (2005) Distribution Airbus DS/Spot Image;
S. 10, 12 © Yann Arthus-Bertrand;
S. 13 © CNES (2003) Distribution Airbus DS/Spot Image;
S. 14 © Yann Arthus-Bertrand;
S. 16f © NASA/EOS Project Science Office;
S. 18 © Yann Arthus-Bertrand;
S. 20f © CNES (2005) Distribution Airbus DS/Spot Image;
S. 22 © Yann Arthus-Bertrand;
S. 24f © Landsat 8-Aufnahmen, U.S. Geological Survey;
S. 26 © Yann Arthus-Bertrand;
S. 28f © NASA;
S. 30 © Yann Arthus-Bertrand;
S. 32 © CNES (2012) Distribution Airbus DS/Spot Image;
S. 33 © NASA GSFC Landsat/LDCM EPO Team;
S. 34, 36 © Yann Arthus-Bertrand;
S. 37 © Airbus DS/Spot Image (2012);
S. 38 © Yann Arthus-Bertrand;
S. 40f © SPOT 1-5 © CNES 1988- 2011, Distribution Airbus DS, SPOT 7 © 2017 Airbus DS;
S. 42 © Yann Arthus-Bertrand;
S. 44f © NASA;
S. 46 © Yann Arthus-Bertrand;
S. 48 © CNES (1992) Distribution Airbus DS/Spot Image,
© CNES (1988) Distribution Airbus DS/Spot Image,
© CNES (1989) Distribution Airbus DS/Spot Image;
S. 49 © CNES (1998) Distribution Airbus DS/Spot Image;
S. 50 © Yann Arthus-Bertrand;
S. 52 © Yann Arthus-Bertrand;
S. 53 SPOT 6 © 2016 Airbus DS;
S. 54 © Yann Arthus-Bertrand;
S. 56 © NASA;
S. 57 © NASAIGSFCI Eros Data Center;
S. 58 © Yann Arthus-Bertrand;
S. 60 © CNES (2007) Distribution Airbus DS/Spot Image;
S. 61 © NASA;
S. 62 © Yann Arthus-Bertrand;
S. 64f © Airbus DS/Spot Image (2012);
S. 66, 68 © Yann Arthus-Bertrand;
S. 69 © CNES (2000) Distribution Airbus DS/Spot Image;
S. 70 © Yann Arthus-Bertrand;
S. 72f © NASA.

Danke an freepik für die Bereitstellung der Icons auf den Seiten 15, 19, 23, 27, 31, 39, 43, 47 (Kaktus), 51, 55, 63, 71 (Landkarte).
Danke an Shutterstock für die Bereitstellung des Icons auf Seite 35 (Orang Utan).
Danke an Vecteeezy für die Bereitstellung der Icons auf den Seiten 35 (Palme), 47 (Schlange), 59, 67, 71.
Danke an KissPNG für die Bereitstellung des Icons auf Seite 51.